나이 여든을 넘겨서야,

# 신앙 담론을
# 시조에 담다

어렸을 때였습니다.

이방원의 하여가(何如歌)와 극명히 대조를 이루는 정몽주의 단심가(丹心歌)를 읽고 받은 감동의 기억은 지금도 생생합니다.

또한 청년기에 읽은 황진이의 청산리 벽계수야(靑山裏 碧溪水야)에서 받은 연정(戀情) 넘치는 중의적(重義的) 표현의 감흥도 잊을 수 없는 시조(時調)입니다.

팔십이 넘어 비로소 이러한 기억이 나로 하여금 작시(作詩)의 동기가 되어 평시조를 짓게 하였습니다.

이 가운데 신심(信心) 관련 264개의 평시조로 시조집을 꾸몄습니다.

1부 〈성전 밖에서 신을 살피다〉에서는 창교(創敎) 당시 종조(宗祖) 가르침을 왜곡(歪曲)하여 변질시킨 종교현실을 비판하고 교리(敎理)의 본질회복을 바라는 생각을 담았습니다.

내놓은 시조 가운데 특별하다면 2부에서 도마복음 114장 전체를 127개(후기 포함)의 평시조로 표현한 부분이라고 하겠습니다.

도마복음은 정경 66권에서 제외된 외경이지만, 근래에는 많은 성서학자가 도마복음을 재평가하고 있습니다. 필자도 예수의 말씀만으로 이루어진 도마복음의 신뢰성에 이끌리어 시조로 표현하게 되었습니다.

3부는 죽음을 인생사의 필연과정(必然過程)으로 긍정적 수용과 나아가 평안한 "좋은 죽음의 길"에 대한 사유(思惟)의 일단(一端)입니다.

4부에서는 우리 몸의 인식대상(認識對象)과 인식작용(認識作用), 인식능력(認識能力)을 살펴보고자 하였습니다.

5부에서는 열 단계 황소 길들이기를 통하여 진실을 찾아가는 과정을 표현하였습니다.

6부에서는 식사의 큰 은혜에 감사하는 표현입니다.

옛날 우리 조상이 풍광 좋은 자연 가운데에서 시조창(時調唱)을 읊고 교류하던 모습을 오늘날에 살린다면 얼마나 멋있을까 생각하여 봅니다. 살벌한 도시 문명의 전환이 이루어지는 계기가 될 수도 있겠다는 생각도 합니다.

그뿐만 아니라 독특한 우리 고유의 전통문화를 계승, 보존하는 길이 될 것입니다.

2025년, 이 영 욱

## ▌ 2부 도마복음을 시조에 담다 – 도마복음과 함께 읽기를 권함

## ▌ 3부 죽음을 숨 쉬다

## ▌│ 4부 육근 육경(六根 六境)

## ▌│ 5부 십우도(十牛圖)·150

## ▌│ 6부 오관게송(五觀偈頌)·156

# 1부

## 성전(聖殿) 밖에서 신(神)을 살피다

## ◇ 하느님은 어디에?

삼층천(三層天) 샅샅이
살펴보고 뒤져봐도

하느님 보좌(寶座) 없고
광대무변(廣大無邊) 빈 곳일 뿐

우주(宇宙)와 일체화(一體化)하신
자연으로 느껴보면.

▐ 2022.01.08.


## ◇ 예수와 싯다르타로 살기

수많은 신(神)들이
부침(浮沈)하다 소멸(消滅)했지

하느님 부처님의
뜻이라는 신당(神堂)들

예수(부처)를 살리려거든
자연(自然)에게 묻게나.

▐ 2022.01.09.

## ◇ 깨달음으로 초대하는 하느님

진리(眞理)를 찾으려면
숨 막히는 교리(教理) 벗고

공포(恐怖)로 기만(欺瞞)하는
종교에서 벗어나서

정직한 자연 속에서
하느님을 부르리.

❚ 2022.01.11.


## ◇ 인간 예수는 내 인생의 지표(指標)

예수의 자유로운
영혼을 탐(貪)하련다

환호(歡呼)에 담담(淡淡)하고
죽음에서 당당하고

유신론(有神論) 넘어 느끼는
참사람이 보이네.

❚ 2022.01.14.

## ◇ 유신론과 무신론의 경계에 서서

만사(萬事)에 신(神)의 임재(臨在)
왈가왈부(曰可曰否) 관심 없네

한계(限界)를 넘지 못한
인간들의 의지처(依支處)로

불안한 방어기제(防禦機制)가
하느님도 창조했나?

▌ 2022. 01. 17.


## ◇ 신화의 뿌리는?

원성서(源聖書) 분실 후 쓴
기독 성서 환상(幻想) 주장

무슬림 꾸란 역시
허망(虛妄)하기 다름없네

보상(補償)과 징벌(懲罰) 내리는
알라 또한 어디 있나.

▌ 2022.01.20.

## ◇ 빈(空공) 것마저 버리고

살면서 만실일득(萬失一得)
아흔 해가 눈앞이네

얻은 것 하나마저
구십 전(九十 前)에 손 털고

빈 수레 무념무상(無念無想)에
나도 없고 너도 없네.

|| 2022.01.23.


## ◇ 한 님의 존재

한 님의 목소리를
귀 기울여 들어 보소

한 님은 우주 자연
그 자체로 여기 있소

너 나의 마음속에서
초월하여 있다 했소.

|| 2022.01.26.

## ◇ 세상과 종교가 물욕(物慾)의 노예(奴隷)가 되었네

제 몸을 녹임으로
정화(淨化)시킨 비누처럼

예수는 자신 녹여
각성(覺醒)을 촉구(促求)했네

재물 신(財物 神) 쫓음 걸음으로
예수 실종(失踪) 안타깝네.

▌| 2022.01.27.


## ◇ 교조(教祖)의 삶 속에서 신(神)과 교제(交際)하기

유신(有神)의 자물쇠에
갇힌 신앙(信仰) 풀어내고

생명의 원천 탐구(源泉 探究)
그분 삶의 복판에서

찾으라 그분의 실존(實存)
내 삶 속에 있는 것을.

▌| 2022.01.28.

## ◇ 유상집착(有相執着)[1]이 병일세

비움이 해탈(解脫)임을
알면서도 욕심내고

내 안에 하느님을
저 밖에서 찾는 미련

언제나 결핍(缺乏)을 벗고
정신 곤궁(困窮) 면(免)할 건가.

▌2022.01.30

## ◇ 영성(靈性)으로 사는 것

근본(根本)의 나를 찾아
야수성(野獸性)을 죽인 후에

팔고(八苦)[2]를 훌훌 넘고
마음마저 비운다면

생사(生死)가 나뉘지 않아
영생(永生)이라 하겠네.

▌2022.01.31.

---

1. 유상집착(有相執着): 모든 현상이 비어 있는 것을 깨닫지 못하고 집착하는 일.

2. 팔고: 생(生), 로(老), 병(病), 사(死)의 4고(四苦)에, 애별리고(愛別離苦), 원증회고(怨憎會苦), 구부득고(求不得苦), 오음성고(五陰盛苦)를 포함시켜 여덟 가지의 괴로움을 말함.

## ◇ 진면목(眞面目)을 회복하라

내 속에 수성(獸性)이
잠입(潛入)하여 오염(汚染)된 것

영혼(靈魂)의 신음(呻吟) 듣고
뒤늦게야 깨달았네

인성(人性)을 바로 세울 길
수유칠덕(水有七德) 따르는 길.

▌ 2022.02.02.

---

1.  수유칠덕(水有七德): 인간수양의 근본을 물이 가진 일곱 가지의 덕목에서 배우는 것.

    ① 낮은 곳을 찾아 흐르는 겸손(謙遜)

    ② 막히면 돌아갈 줄 아는 지혜(智慧)

    ③ 구정물도 받아주는 포용(包容)

    ④ 어떤 그릇에나 담기는 융통(融通)

    ⑤ 바위도 뚫는 끈기와 인내(忍耐)

    ⑥ 폭포로 쏟아지는 용기(勇氣)

    ⑦ 흘러서 바다를 이루는 대의(大義)

## ◇ 탐욕을 제어하고 인성(人性)을 회복하라[1]

날뛰는 황소 코에
고삐 매서 길들여라

사자도 잡아먹고
심성(心性)을 곧게 하라

그런즉 안식(安息)에 드니
바랄 것이 무엇인가.

‖ 2022.02.04.


## ◇ 내가 가진 복이 넘칠 지경인데

복(福) 중(中)에 살면서도
무슨 복(福)을 달라느냐

계영배(戒盈杯)[2] 곁에 두고
자경(自警)하며 살아가라

탐(貪)하면 고통도 넘치니
처지(處地)에 만족하게.

‖ 2022.02.05.

---

1. 불교의 십우도(十牛圖) 및 기독교의 도마복음(福音) 참조.
2. 계영배(戒盈杯): 과음을 경계하기 위하여, 술을 어느 한도 이상으로 따르면 술잔 옆에 난 구멍으로 술이 새도록 만든 잔.

## ◇ 불립문자(不立文字) 교외별전(敎外別傳)[1]

진정(眞正)한 경전(經典)이란
문자표기(文字表記) 그보다도

누구나 마음 밭에
살아있는 성서(聖書)있네

느끼고 살펴가면서
신령(神靈)스레 가는 거지.

▌| 2022.02.06.


## ◇ 창교(創敎) 버금가는 개혁이 답이다

촛불로 이룬 정권
수성(守城) 못 한 근본 원인

경장(更張)에 소홀(疏忽)하고
보신(保身)에만 안주(安住)했지

종교도 혁신(革新) 고통을
감내(堪耐)해야 살리라.

▌| 2022.02.09.

---

1. 不立文字 敎外別傳: 문자로는 세울 수 없다. 진리는 말이나 글로 전할 수 없다. 선종에서, 부처의 가르침을 말이나 글에 의지하지 않고 바로 마음에서 마음으로 전하여 진리를 깨닫게 하는 법.

## ◇ 경전(經典)보다 각성(覺醒)

예수도 싯달타도
사바세계(娑婆世界) 태어나서

생사(生死)를 초월(超越)하는
하늘 뜻을 자각(自覺)했소

신화(神化)로 포장(包裝)한 경전
벗겨내야 하겠죠.

▮ 2022.02.12.


## ◇ 고착(固着)을 벗고 자유로워라

믿음엔 속취(俗臭) 벗고
고정 관념(固定 觀念) 버립시다

자유를 지향(指向)하고
변화를 추구(追求)해요

탈속(脫俗)의 선기(仙機) 안에서
정갈하게 살아가요.

▮ 2022.02.13.

## ◊ 그분의 말씀을 찾아서

교회나 절간이나
재신(財神)으로 득실거려

세속화(世俗化) 물량주의(物量主義)
속계(俗界)보다 더하구나

잃었던 원천(源泉) 찾았네
말고삐를 챙기자.

‖ 2022.02.15.


## ◊ 황당지설(荒唐之說) 요한 묵시록(默示錄)

인자(人子)로 오신 예수
술사(呪術師)로 둔갑(遁甲)시킨

계시록(啓示錄) 황탄(荒誕)하고
기망(欺罔)이 지나치네

순전(純全)한 예수살기로
바른 믿음 이어가소.

‖ 2022.02.17.

## ◇ 삼종 참회(三鐘 懺悔)[1]

물욕(物慾)과 음욕(淫慾)이
불같이 일어나니

사자에 먹혔구나
살아날 길 오직 하나

퇴골(腿骨)이 마모(磨耗)되도록
슬행(膝行)하며 회개하리.

▎2022.02.18.

---

1. 三鐘 懺悔: 삼종 참회는 작법(作法), 취상(取相), 무생(無生) 참회이다. 작법 참회는 경과
   논에 규정되어 있는 작법에 따라 그 죄의 잘못됨을 고백하고 다시는 짓지 않겠다고 하는
   참회법이다. 취상 참회는 관상 참회(觀相懺悔)라고도 하는데 선정에 들어 참회를 생각하
   면서 부처를 관(觀)하면 불보살이 와서 정수리를 만져주며 수기(授記)를 줌으로써 참회를
   성취하는 것이다. 무생 참회는 마음을 바르게 하고 단정하게 앉아 무생무멸(無生無滅)의
   실상(實相)에 관하여 죄의 본성이 무생임을 깨닫는 것이다.

25

## ◇ **명상 수행**(冥想 修行)

천리마(千里馬) 길들일 때
기수(騎手)부터 다스려라

날뛰는 말 등에
정 자세(正 姿勢)로 올라타라

기수의 바른 자세가
거친 마음 바꾸리.

▌ 2022.02.20.


## ◇ **석가모니는 상**(像)**을 만들지 않았다**

부처상 무엇인가
명상(冥想) 돕는 형상(形象)일 뿐

인격(人格)을 부여(附與) 말라
내 마음속 진상(眞相) 보라

붓다의 깨달음 받고
해탈(解脫)의 길 걷게나.

▌ 2022.02.22.

## ◇ 명상(冥想)하고 공유(共有)하기

예수의 어록(語錄)에서
보리심(菩提心)[1]을 체득(體得)하라

찾으면 너나없이
기쁨으로 나누어라

경중(輕重)은 둘이 아니고
본래면목(本來面目)[2] 하나인걸.

▌| 2022.02.23.


## ◇ 무장무애(無障無礙)[3]하세요

불안과 슬픈 일에
사는 것이 괴로울 때

말씀을 명상하면
대각견성(大覺見性)[4] 할 것이오

수사자 등에 앉아서
어깨춤 출 수 있소.

▌| 2022.02.24.

---

1. 보리심(菩提心): 깨달음의 마음. 깨달음을 향한, 혹은 이미 깨달은 마음을 말한다.
2. 본래면목: 사람마다 지니고 있는 본래의 심성.
3. 무장무애: 아무런 거리낌이 없다.
4. 대각견성: 자기 안에 있는 불성(佛性)을 찾아내어 크게 깨달음.

## ◇ 멈추거나 틀에 갇히지 말라

경전(經典)을 익혔으면
기억에서 지워라

성서(聖書)든 불경(佛經)이든
남김없이 잊어라

넘어라 매이지 않아야
중생(重生)[1]으로 가리라.

▐ 2022.02.25.


## ◇ 말씀 따라 사신 스님

옷 한 벌 발우(鉢盂) 하나
평생 보낸 벽송지엄(碧松智嚴)[2]

닮고자 힘써본들
허상(虛像)만 잡는구나

허욕(虛慾)에 어두운 내 눈을
빼버려도 가당(可當)찮다.

▐ 2022.02.26.

---

1. 중생(重生): 영적으로 새사람이 됨.
2. 벽송지엄: 전북 부안 출신으로 속성은 송씨이며 법명은 지엄이고 당호가 벽송이다. 세속과 담을 쌓고 온갖 번뇌를 다 날려 보내고 사신 스님이다. 출가하기 전에는 무장으로써 북방의 여진족을 물리치는 큰 공을 세웠다고 한다.

## ◇ 타락한 종교

단(單)봇짐 짊어지고
유랑천하(流浪天下) 김삿갓

거짓된 사회제도
시운(詩韻)으로 비소(誹笑)하듯

뒤틀린 설법설교(說法說敎)를
삼장시(三章詩)로 흉봐요.

▐ 2022.02.27

## ◇ 하늘나라가 네 안에 있다

보물을 손에 들고
보물을 찾는 자야

네 안의 하느님을
하늘에서 찾는 자야

눈으로 찾으려 말고
마음으로 보려무나.

▐ 2022.02.28.

## ◇ 내가 만드는 천국과 지옥

맘속은 광대하여
온 우주가 들어있네

천국도 들어있고
지옥도 자리 잡네

자성(自醒)이 커져갈수록
지옥은 작아지리.

2022.03.02.

## ◇ 성서를 바꿔야 말씀이 바로 선다

예수의 인간(人間)되심
흐리게 한 성서신화(聖書神話)

신령(神靈)한 기적(奇跡)만을
갈망(渴望)하는 신도(信徒)믿음

성경(聖經)도 가르치는 것도
모두모두 혁신(革新)하라.

2022.03.04.

## ◇ 본질(本質)은 해탈(解脫)이다

불상(佛像)의 신격화(神格化)로
석가모니 실종(失踪)되니

기복(祈福)을 목적으로
신도들은 현혹(眩惑)되고

신앙의 전통(傳統)을 찾아
본질(本質)을 복원(復元)하라.

|| 2022.03.04.


## ◇ 생(生)과 사(死)는 둘이 아니다

살 때도 철저하게
죽을 때도 철저하게

생사를 동등하게
탐미(耽美)하려 찾는 길은

종교로 깨닫는 길이
빠르고도 쉬운 길.

|| 2022.03.05.

## ◇ 삶에 연연불망(戀戀不忘) 말아야

사후(死後)에 극락 대망(極樂 待望)
이 또한 번뇌(煩惱)일세

사후에 천당(天堂) 대망
고통스런 갈애(渴愛)일세

생사(生死)의 경계(境界) 허무는
초극(超克)으로 가소서.

▌2022.03.06.

## ◇ 난타의 등(燈)과 과부의 두 렙돈

과부의 동전 두 닢[1]
빈자일등(貧者一燈)[2] 본받아서


부처와 예수의
말씀 담아 베푼다면


구복(求福)이 별거라던가
베푸는 게 복(福) 짓기지.

▌| 2022.03.07.

---

1.  과부의 동전 두 닢: 예수께서 눈을 들어 부자들이 연보 궤에 헌금 넣는 것을 보시고 또 어떤 가난한 과부의 두 렙돈 넣는 것을 보시고 가라사대 내가 참으로 너희에게 말하노니 이 가난한 과부가 모든 사람보다 많이 넣었도다. 저들은 그 풍족한 중에서 헌금을 넣었거니와 이 과부는 그 구차한 중에서 자기의 있는 바 생활비 전부를 넣었느니라 하시니라.

2.  빈자일등: 왕이 부처 앞에 바친 백 개의 등은 밤 사이에 기름이 다 되어 꺼졌는데, 가난한 노파가 전 재산을 털어 바친 등 하나만은 계속 불이 켜져 있었다는 고사에서 나온 말로, 정성의 소중함을 이르는 말. 국왕과 많은 사람들이 등으로 공양할 때 가난한 여인 난타도 공양하려고 온종일 구걸해서 얻은 돈 한 푼으로 등을 사서 공양했다. 밤이 지나고 다른 등불들은 모두 꺼졌지만 난타 여인이 발원하며 밝힌 등불은 끄려 해도 꺼지지 않고 홀로 밝혀졌다.

## ◇ 내려놓고 자유를

내 삶을 돌아보니
허물 무게 천 근이오

지나친 욕망으로
고통(苦痛) 무게 만 근일세

하느님 참회 올리니
자유 찾게 하소서.

▌ 2022.03.20.


## ◇ 나를 깨운 그 분의 설교

그 분의 설교(說教) 듣고
고질병(痼疾病)이 드러났고

깨침이 묻어나니
시원스런 동치미 맛

교법(教法)에 매이지 않고
훨훨 나는 자유였지.

▌ 2022.03.23.

## ◇ 성직자(聖職者)는…

성자(聖者)여 금품(金品)과는
물리적(物理的)인 거리 두기

빈자(貧者)와 사회적(社會的)인
거리는 좁히시오

탁세(濁世)[1]를 청세(清世)로 바꿔
정토[2]천국(淨土天國) 만드소서.

▌2022.03.22.


## ◇ 도그마에 빠졌구나

종말론(終末論) 맹신주의(盲信主義)
종교인에 고(告)하노라

환영(幻影)에 혼란스런
전도자(傳道者)의 망상(妄想)일세

진리(眞理)를 제대로 찾을
오안(五眼)[3]떠서 신심(信心) 갖게.

▌2022.03.25

---

1.  탁세: 명탁(命濁), 중생탁(衆生濁), 번뇌탁(煩惱濁), 견탁(見濁), 겁탁(劫濁)의 다섯 가지 더러운 것으로 가득 찬 죄악의 세상.

2.  정토: 번뇌의 속박에서 벗어난 아주 깨끗한 세상.

3.  오안: 수행에 의하여 도(道)를 이루어 가는 순서를 나타낸 육안(肉眼), 천안(天眼), 법안(法眼), 혜안(慧眼), 불안(佛眼)의 다섯 단계.

## ◇ 잿(齋)밥만 노리는 자

권승(權僧)[1]과 권목(權牧)[2]들이
정상배(政商輩)와 영합하여

신(神) 뜻을 배신하고
이권 추구(利權 追求) 노예 됐네

오근(五根)[3]을 제어(制御)하면서
삿된 길에서 나오라.

▌2022.03.26.

---

1. 권승: 세속의 권력과 돈을 탐(貪)하는 속승(俗僧).

2. 권목: 세속의 권력과 돈을 탐하는 목사.

3. 오근: 지각(知覺) 기관인 안(眼눈), 이(耳귀), 비(鼻코), 설(舌혀), 신(身몸)의 다섯 기관. 여기에 의(意)를 더하여 육근(六根)이 된다.

# ◇ 이웃 종교와의 평화

이교도(異教徒) 적대(敵對)하면
내 믿음은 호전(好戰) 종교

자비(慈悲)와 평화 소통(平和 疏通)
신앙교리(教理) 왜곡(歪曲) 마소

손 모아 나마스테[1]의
종조(宗祖)[2] 신앙 회복하소.

▌ 2022.03.27.

---

1. 나마스테(Namaste.): 인도와 네팔에서 주고받는 인사말이다. 만났을 때뿐만 아니라 작별할 때도 사용한다. 공식적인 형태로 '나마스카르'가 있다. 평화의 인사말이고, 내 안의 신이 당신 안의 신에게 인사한다는 뜻도 들어있다.

2. 종조: 한 종파를 세운 사람.

## ◇ 탈 진실(脫 眞實)

탈 진실(脫 眞實)  혼란세상(混亂世上)
인포데믹[1] 가릴 지혜(智慧)

믿었던 종교마저
붙살이집[2] 웬일인가

한 점의 부끄럼조차
남아있지 않구나.

▐ 2022.03.29.

---

1. 인포데믹(infodemics): 악성 루머나 왜곡된 정보가 전염병처럼 퍼지는 현상. 즉 정보전염병(情報傳染病).
2. 붙살이집: 기생 생물에게 양분이나 서식지 따위를 제공하는 동식물.

## ◇ 수행(修行)을 멈추지 말고

단번의 성취 없소
돈오점수(頓悟漸修)[1] 정답이네

한 번에 깨달음은
깨쳤다고 할 수 없네

미련을 불살랐어도
불씨는 남아있지.

▮ 2022.04.01.


## ◇ 심신(心身)을 조여라

불단(佛壇)앞 독경(讀經)소리
산세(山勢)를 흔드는데

설법(說法)을 들었으되
감동(感動) 없이 공허(空虛)하니

서원(誓願)이 부족한 중생(衆生)
마음 끈을 조여보라.

▮ 2022.

---

1. 돈오점수: 고려 시대에, 지눌이 주장한 불교의 선(禪) 수행 방법. 무인 정권 시기에 불교 교단을 개혁하기 위하여 주장한 사상 가운데 하나이다. 부처가 되려면 진심을 깨닫고, 점 진적으로 수행해야 한다고 주장하였다.

## ◇ 자리(自利)와 이타(利他)의 합일(合一)

자리(自利)의 심원(心願) 함께
이타심원(利他心願) 도모하고

각성(覺醒)의 감로주(甘露酒)를
이웃들과 나누는 삶

종교가 지향(指向)해야 할
천국정토(天國淨土) 아니겠나.

‖ 2022.05.13.


## ◇ 요소(要素)를 채굴(採掘)하여 깨달아라

담긴 물 마셔야만
목마름을 면할 텐데

극단적(極端的) 문자주의(文字主義)
물병 겉만 핥고 있네

믿음이 형식(形式)에 덮어
본질(本質)을 놓쳤구나.

‖ 2022.

## ◇ 격화소양(隔靴搔癢)[1]의 우(愚)

경전(經典)은 손가락일 뿐
가리키는 달을 보라

독법(讀法)을 깊게하면
깨달음에 다다르니

벗이여 종교적 통시(洞視)에
이르는 길 아니던가.

∎ 2022.05.01.

## ◇ 자연하느님 경외

교도(敎徒)여 자연을
경외(敬畏)함이 기본이라

녹수낭(漉水囊)[2] 지닌 마음
무위자연(無爲自然) 실현일세

창세(創世)한 하느님 마음
거슬리지 마시게나.

∎ 2022.05.02.

---

1. 격화소양(隔靴搔癢)의 우(愚 어리석음): 신 신고 발바닥 긁기라는 속담으로, 어떤 일의 핵심(核心)을 찌르지 못하고 겉돌기만 하여 매우 안타까운 상태 또는, 답답하여 안타까움.

2. 녹수낭(漉水囊): 비구가 늘 가지고 다니는 주머니. 물을 떠서 마실 때, 물속에 있는 작은 벌레나 티끌을 거르는 데 쓴다. 벌레 한 마리라도 살리겠다는 마음.

## ◇ 실체(實體)가 불명(不明)하거늘

우리는 항존 신(恒存 神)에
집착(執着)하여 고뇌(苦惱)하고

만물(萬物)도 무상(無相)하니
영혼(靈魂)조차 그러한즉

실체도 알 수 없거늘
불변불멸(不變不滅) 따질 건가.

‖ 2022.05.06.


## ◇ 아상(我相)를 죽이고 가거라

유대의 전통적(傳統的)인
죄의식(罪意識)이 불러온

기독교(基督教) 구원사상(救援思想)
천당 지옥(天堂 地獄) 만들었네

멸집(滅執)에 이르게 되면
종교조차 무용(無用)일세.

‖ 2022.05.12

## ◇ 열반적정(涅槃寂靜)[1]

만물(萬物)이 무상(無相)인데
부처상(像)은 무엇이오?

차라리 삼법인(三法印)[2]을
궁구(窮究)하고 참선(參禪)하며

고요히 합장(合掌)기도로
깨달음에 드셨으면.

▌| 2022.05.09.


## ◇ 헛된 생각을 쫓아내려면

그대여 맞춤 주문(呪文)
창작(創作)하여 지니시게

혼란(混亂)이 찾아들 땐
암창(暗唱)하여 벗어나소

광신(狂信)엔 빠지지 말고
엑스터시[3] 체득(體得)하소.

▌| 2022.05.15.

---

1. 열반적정: 모든 모순을 초월한 고요하고 맑고 깨끗한 경지에 이르름.

2. 삼법인: 제행무상, 제법무아, 열반적정의 불교 근본교의(根本敎義)를 말함.

3. 엑스터시(ecstasy): 감정 따위가 고조되어 자기 자신을 잊고 황홀경에 이르는 현상. 종교적 체험의 하나로 신(神)과 하나 됨으로 오는 신비한 체험. 인간에게는 엑스터시 능력이 내재되어 있다고 주장하기도 한다.

## ◇ 깨달음이여!

자신을 부정(否定)하고
선각지혜(先覺智慧) 완성하신

예수와 싯달타가
정각 혁명(正覺 革命) 이루었듯

내게도 번갯불 치듯
깨달음을 내리소서.

▐ 2022.05.18.


## ◇ 식탁에서 나누는 즐거움

도반(道伴)의 주효(酒肴) 한 판
무료 권태(無聊 倦怠) 모면하고

솔직한 신앙관(信仰觀)과
깨우침도 얻게 하니

평생에 이보다 더한
귀한 믿음 적다하라.

▐ 2022.05.20

44

◇ **흑역사**(黑歷史)

성서(聖書)가 흑역사(黑歷史) 열고
예수 삶도 왜곡(曲)하고

바울의 원죄교리(原罪教理)
참나(眞我)를 구속(拘束)했네

진실을 추구(追究)함으로
참 믿음을 이루게.

▌2021.12.08.


◇ **수평**(水平)**으로 읽기** *(1)*

성서(聖書)를 격식(格式) 바꿔
읽고 써야 밝히 알리

수평적(水平的) 독서로
네 복음서(四 福音書) 비교하게

대각(大覺)의 굳센 믿음이
비평(批評)에서 다져지네.

▌2021.12.09.

## ◇ 수평(水平)으로 읽기 (2)

마가와 요한복음
예수죽음 왜 다를까

유월절(逾越節) 당일(當日)인가
전일(前日)인가 혼란 오네

역사적(歷史的) 관점(觀點)을 살려
규명(糾明)하는 재미 쏠쏠.

▐ 2021.12.09.


## ◇ 빌라도의 재판

빌라도 재판에서
예수말씀 차이 나고

빌라도 말은 물론
매 맞으신 때(時)도 달라

마가와 요한복음에
헷갈리는 신앙관(信仰觀).

▐ 2021.12.11.

## ◇ 오류를 바로잡아 예수 본(本) 모습 찾기

소천 후(召天 後) 수십 여년
구전(口傳) 끝에 펴낸 성서

예수를 자의(自意)대로
신화(神話) 속에 가두었네

성서의 모순당착(矛盾撞着)을
바로 잡고 예수 살자.

▐ 2021.12.15.


## ◇ 악인가 선의 세력인가

권세(權勢)에 복종하라
로마서의 바울설교

로마를 창녀(娼女)라며
계시록엔 통치(統治) 규탄(糾彈)

세상의 지배자들이
악인(惡人)인가 선인(善人)인가.

▐ 2021.12.21

## ◇ 이신득의? 이행득의?(以信得義? 以行得義?)

부활(復活)을 믿어야만
영생(永生) 보상(補償)받는 말씀

선행(善行)이 구원(救援)받는
길이라고 주신 말씀

두 가지 충돌(衝突)된 설교(說教)
성서기록(聖書記錄) 헷갈리고.

▌2021.12.23.


## ◇ 신위(神位)를 벗은 인간 예수의 생명 말씀

예수님 삼위일체(三位一體)
위격(位格) 주장 볼 수 없고

공관(共觀)의 복음서(福音書)도
자칭(自稱) 신성(神性) 아리송해

예수의 역사적(歷史的) 존재(存在)
신화(神話) 벗겨 예수 사랑.

▌2021.12.24.

## ◇ 흑역사(黑歷史)를 백역사(白歷史)로!

간명(簡明)한 하늘나라
복잡(複雜)해진 바울 논리(論理)

예수의 사랑 교리(敎理)
증오(憎惡)로 바뀌었네

인본적(人本的) 평화지향(平和指向)으로
성서(聖書) 혁명(革命) 목마르네.

▐ 2022.01.05.


## ◇ 불편한 신약성서

숙명적(宿命的) 원죄론(原罪論)과
대속(代贖)죽음 공포 선교(恐怖 宣敎)

종말(終末)이 지연(遲延)인가
거짓인가 바울 예언

더하여 차별 편린(差別 片鱗)들
거북함을 어찌 할고.

▐ 2022.01.06.

## ◇ 슬기로운 믿음

여전히 성서(聖書)는
큰 영감(靈感)과 교훈 주는

귀중한 자료로서
내 인생을 인도(引導)하니

예리한 역사적 관점(觀點)과
탐구열(探究熱)로 알찬 믿음.

‖ 2022.01.06.


## ◇ 진리를 알면

진리(眞理)를 찾으려면
하늘 말씀 채굴(採掘)하게

성서(聖書)와 불서(佛書)에다
꾸란과도  동무하게

깨닫고 뜻대로 살면
천국이고 극락이지.

‖ 2021.10.31.

## ◇ 선각자(先覺者) 삼위(三位)

동무여 자아(自我) 속의
예수님을 모셔오게

동좌(同坐)의 붓다님도
짝지어서 모셔오게

반드시 마호멧님도
극진(極盡)하게 모셔오게.

‖ 2021.10.22.

## ◇ 하나 되어 천국(天國)을 숨 쉬라

음양(陰陽)과 좌우(左右)와
상하(上下)를 합일(合一)하라

하나로 원초성(原初性)을
회복하면 볼 수 있고

보이면 혼란(混亂)을 넘으니
평화인가 하노라.

‖ 2021.04.07.

## ◇ 이행득의(以行得義)

아둔한 사유자(思惟者)여
문자(文字) 속에 갇혔구나

명철(明哲)한 추구자(追究者)여
뜻을 풀어 믿는구나

성서(聖書)의 심오(深奧)한 교훈
행위(行爲)로 승화(昇華)하라.

‖ 2021.03.06.


## ◇ 다름의 수용(受容)

말씀을 추구(追究)할 때
다양한 생각 당연

이견(異見)과 쟁명(爭鳴)으로
풍성하게 함께 하세

은밀(隱密)한 예수님 말씀
일방편견(一方偏見) 거두고.

‖ 2020.11.30.

## ◇ 신의 존재

있으면 있는 거고
없으면 없는 거지

실체를 논쟁 말라
믿음따라 행하렸다

경탄할 우주질서 속
하느님을 느끼면 돼.

▌| 2021.02.23.


## ◇ 나의 신앙(信仰)

바울의 원죄(原罪)협박
속죄(贖罪)신앙 결별(訣別)하고

예수님 진언(眞言) 찾아
자성(自省)하고 평화(平和) 찾고

성령(聖靈)과 불성(佛性)을 받아
깨달음의 천국 드세.

▌| 2021.11.19.

## ◇ 만유(萬有)에 영(靈)이 깃들다

온 천지(天地) 만상(萬象)에는
은혜가 충만(充滿)하네

은혜(恩惠)가 신(神)이 되고
영(靈)이 된다 말씀하네

넘치는 신비(神祕)로움에
합장심(合掌心)이 절로절로.

∥ 2021.12.03.


## ◇ 네 속의 신(神)을 들어내라

인격(人格)을 신격(神格)으로
인성(人性)을 신성(神性)으로

품성(品性)을 바꾼다면
영생(永生)의 길 펼쳐지고

자기(自己)를 스스로 건질
구세주(救世主)가 될 거야.

∥ 2022.05.23.

## ◇ 맹신(盲信)의 노예(奴隷) (1)

짐 존스[1] 아사하라[2]
아마겟돈[3] 언급(言及)하며

종말론(終末論) 맹신(盲信)하고
악(惡)이 자란 예사로움

묵시록(默示錄) 강력한 매력(魅力)
사악(邪惡)해진 교리(敎理)됐네.

▌ 2022.06.10.

---

1.  짐 존스: 미국의 인민사원 교주이며 존스타운 집단 자살사건을 일으키는 등 대량 학살자.

2.  아사하라: 일본의 옴진리교의 교주이며 지하철에 사린가스를 살포하여 많은 살상을 일으킴.

3.  아마겟돈: 장차 하느님의 천상 군대가 마귀의 세력을 격파할 최후의 전장.

## ◇ 맹신(盲信)의 노예(奴隷) (2)

니치렌 종파(宗派)[1]에서
주장하는 경직 논리(硬直 論理)

다르마[2] 훼손자(毁損者)를
죽이는 것 용인(容認)하니

비폭력(非暴力) 불교 가르침
사악(邪惡)해진 교리(教理)됐네.

▌2022.06.11.

---

1. 니치렌 종파: 니치렌은 법화경을 기반으로 한 법화불교를 주장하며 창시자는 일본의 니치렌이다. 이들은 다르마를 훼손하는 자를 죽이는 것은 업보를 지지않을 것이라며 폭력의 예외를 인정하고 있다. 제2차 세계대전 이후 니치렌 종단의 한 분파인 창가학회(創價學會)가 공명당(公明黨)을 창립하여 정계에 진출하기도 했다.

2. 다르마: 부처님이 가르친 진리를 가리키는 불교용어인데, 법으로 칭할 수 있으며, 이 세상에 존재하는 것, 일체가 하나하나 다 법이라고 불려질 수 있다. 그럴 경우 법은 하나의 대상·사물·실제 또는 개념 등의 뜻으로 해석된다. 정신적인 것이건 물질적인 것이건 그 대상화되는 일체의 것이 법이다.

## ◇ 하느님과 논쟁(論爭)도

부처님 설법(說法)에도
질의응답(質疑應答) 환영했고

마호멛 모든 의문(疑問)
기탄(忌憚)없이 주고받네

풍성(豊盛)한 믿음을 위해
질문(質問)부터 시작하게.

‖ 2022.06.30.


## ◇ 만상(萬像)의 하느님

왜 사람 모습으로
하느님을 나타낼까?

벌들의 하느님은
여왕벌의 모습일까?

자기도 신(神) 되고 싶은
인간 욕망(欲望) 표현일까?

‖ 2022.07.02.

## ◇ 성소(聖所)는 현장이다

예수를 만나려면
교회(教會)보다 현장(現場)이다

부처가 되려거든
절간보다 현장(現場)이다

아프고 가난한 곳이
현장(現場)인가 하노라.

║ 2022.09.20.

## ◇ 평화(에필로그, *epilogue*)

석가와 예수가
얼싸안고 동무동무

시바와 무함마드
양(羊)춤추며 덩실덩실

신나는 마당놀이에
갓난아기 옹알옹알.

║ 2022.05.21.

# 2부

## 도마복음을 시조에 담다

– 도마복음과 함께 읽기를 권함

## 1. 도마복음 제1장  *죽음을 맛보지 말라*

말씀을 해석하고
각성(覺醒)하면 진리 되지

은밀히 주신 뜻을
내면(內面) 깊이 새겨 넣게

죽음을 맛보지 않는
소망을 이룰 걸세.

▌ 2020.11.18.


## 2. 도마복음 제2장  *깨닫고 지배하라*

구(求)하면 전복(顚覆)되고
놀라우니 고통 오네

천국은 세속적(世俗的)인
도원경(桃源境)이 아니라네

새로운 자아탐구(自我探究)라
조절(調節)하고 지배하지.

▌ 2020.11.18.

## 3. 도마복음 제3장  천국은 장소가 아니다

하늘은 허공(虛空)이요
바다에는 물 차있네


천국은 각성해탈(覺醒解脫)한
내 맘속과 밖에 있네


무욕(無慾)의 자각(自覺) 속에서
빛 차있는 어둠 보게.

2020.11.18.


## 4. 도마복음 제4장-1  하나로 가라

노인은 칠일 갓 난
순수(純粹)에게 융합(融合)하고


원초(原初)와 연(軟)함으로
순서 없이 하나 돼라


낙원은 생사동체(生死同體)를
지향하면 안착(安着)하리.

2020.11.19.

## 5. 도마복음 제4장-2 *첫째와 꼴찌*

죽음향한 첫째무리
내리막길 어른무리

생명향한 꼴찌무리
오르막길 어린아이

혼돈(混沌)을 생사일치(生死一致)로
마음 바꿔 가거라.

▎| 2020.11.19.

## 6. 도마복음 제5장 *이 세상에 있는 천당과 지옥*

천당과 지옥(天堂地獄) 찾기 전
깨우치기 우선하라

네 안팎 먼저 알면
감춘 것이 들어나리

우주의 신비한 운행
계시(啓示)되어 보이리.

▎| 2020.11.20.

## 7. 도마복음 제6장 **은밀하게 기도하라**

감춘 것 덮여진 것
나타나고 벗겨지니

금식과 구제행위
위선(僞善)으로 하지마소

유별(有別)난 조찬기도회(朝餐祈禱會)
정교유착(政敎癒着) 죄악일세.

┃ 2020.11.20.

## 8. 도마복음 제7장 **사자 먹고 복되어라**

내 안의 탐욕(貪慾)스런
사자먹고 사람 돼라

먹히면 정욕갈망(情慾渴望)
사자되어 울부짖네

욕정(慾情)을 흘려버리고
예수의 삶 앞장서세.

┃ 2020.11.20.

## 9. 도마복음 제8장　*버림의 지혜*

슬기의 어부님은
잔고기는 버리고

크고도 잘 생긴 것
한 마리만 얻는다네

버림은 진리 하나를
얻기 위한 지혜일세.

 2020.11.20.


## 10 .도마복음 제9장　*씨뿌리기*

뿌린 씨 자연따라
순리대로 성장하듯

우리 삶 선악공존(善惡共存)
인과(因果)속에 살아갈 뿐

하늘 길 다름이 없네
씨앗처럼 가려무나.

 202011.20.

## 11. 도마복음 제10장  불을 던졌노라

갈릴리 고난민중(苦難民衆)
분노의 불 촉진(促進)하고

그 불을 지피시는
천국운동 인간예수

이 시대 착취자(搾取者)들아
처처(處處)예수 보는가.

‖ 2020.11.20.


## 12. 도마복음 제11장  층층하늘 사라지리

죽은 자 살지 못했고
산 자들은 안 죽었네

말씀을 추구(追求)하면
해탈(解脫) 함께 죽음 없네

천당과 몸뚱이 부활(復活)
층층(層層)하늘 사라지리.

‖ 2020.11.20.

## 13. 도마복음 제12장　*직통(直通)하여라*

예수는 떠나갔네
생명말씀 남겨놓고

은밀한 알곡 말씀
직통하여 터득(攄得)하라

하늘 뜻 이루어짐이
깨달음에 있다네.

▮ 2020.11.21.

## 14. 도마복음 제13장　*비교 불가(比較 不可)한 예수*

예수는 예수일 뿐
어리석게 비교말라

천사와 철학자와
그리스도 초월(超越)하는

예수의 언표행위(言表行爲)를
본(本)받고 살아가라…

▮ 2020.11.21.

## 15. 도마복음 제14장　금식도 기도도 구제도 말라

기도와 금식하기
구제(救濟)하기 위선(僞善)말라

아상(我相)을 버려라
영접하고 치유하라

도리어 정죄(定罪)됨 없도록
화종구출(禍從口出) 명심하라.

|| 2020.11.21.

## 16. 도마복음 제15장　여자가 낳은 예수

예수는 자궁에서
나셨으니 사람이지

하느님 자존자(自存者)니
경배받는 악부지존(握符之尊)

하느님 육화존재(肉化存在)로
오시지는 않으리니.

|| 2020.11.21.

**집착 끊고 홀로 서라**

세속적(世俗的) 가치에서
벗어날 때 충돌 온다

가족에 집착(執着) 끊고
임서기(林棲期) 때 고통 온다

싸움은 육식(六識)[1]에 의한
유랑기(流浪期) 갈등이지.[2]

|| 2020.11.21.

---

1. 육식(六識): 육근(六根)에 의하여 대상을 깨닫는 여섯 가지 작용. 안식(眼識), 이식(耳識), 비식(鼻識), 설식(舌識), 신식(身識), 의식(意識)을 이른다.

2. 힌두교에서 인생을 4기로 나눈다. 25세까지 부지런히 배우는 학습기. 50세까지 가사에 충실한 가주기(家住期). 75세까지를 가족과 사회에 대한 의무를 끝내고 내 영혼 수양을 위하여 집을 떠나 숲속에서 지내는 임서기(林棲期). 76세 이후는 유랑기(流浪期)로 나눈다. 집착에서 벗어나 거지처럼 무소유의 삶이 유랑기이다. 길바닥에서 죽음을 맞는 생사봉도(生死逢道)가 유랑기의 신념이다.

## 18. 도마복음 제17장   **놀라운 은총**(恩寵)

예수가 주신 말씀
간단(間斷)없이 탐구하라

욕망을 끊어내고
세상인식(認識) 전환(轉換)하라

못보고 듣지 못했던
생명줄을 잡으리라.

▮ 2020.11.22.

## 19. 도마복음 제18장   **종말**(終末)**은 시작이다**

종말은 시작이고
알게 되면 죽음 없네

죽음은 목적이고
나의 삶의 완성이지

복되다 시작에 선 너
진실을 보았구나.

▮ 2020.11.23.

## 20. 도마복음 제19장 *삶 속에서 실천*

예수님 따름이로
섬김받기 바란다면

말씀의 값진 가치
삶 속에서 실천하라

영생의 파라다이스
복된 자로 서리라.

▮ 2020.11.23.

## 21. 도마복음 제20장 *내면으로 깨우쳐라*

한 알의 겨자씨와
하늘나라는 같은 것

싹트면 거목(巨木)되어
하늘 새가 찾아드니

말씀을 알아들으면
점(點)에서 입체(立體)되리.

▮ 2020.11.23.

## 22. 도마복음 제21장-1　*거짓 도반들에게*

자아(自我)에 취(醉)해 사는
도반(道伴)을 바라보니

주인이 나타날 때
깊은 한숨 토하면서

옷마저 벗겨짐은 물론
전답(田畓) 모두 빼앗기리.

|| 2020.11.23.


## 23. 도마복음 제21장-2　*닥쳐올 환난*

도적이 오기 전에
강건(剛健)하게 무장하라

너희는 방비태세
소홀(疏忽)함이 없게 하라

결국은 환난(患難)은 오나니
내 말을 명심하라.

|| 2020.11.23.

## 24. 도마복음 제22장  *하나 되어 나라에 들어가라*

생노사(生老死) 합일(合一)하고
양음통합(陽陰統合) 성별(性別)하나

표리(表裏)도 위아래도
아기같이 하나 돼라

욕망을 극복하여야
하늘나라 같으리.

❚ 2020.11.24.

## 25. 도마복음 제23장  *고독(孤獨)하게 일인(一人)된 실존(實存)*

선택은 천분의 일(一)
만분의 이(二) 소수(少數)나라

그들은 각성(覺醒)하고
청(請)함 받고 구원된 자

세상과 불타협(不妥協)하고
하나 된 독립(獨立)일세.

❚ 2020.11.25.

## 26. 도마복음 제24장   *빛의 사람 속에 빛이 있다*

너희는 빛의 사람
예수말씀 내재(內在)하네


그 빛이 생명이요
길이요 진리라네


원죄(原罪)와 선악(善惡)을 넘어
깨닫고 비추어라.

                           ❚ 2020.11.25.


## 27. 도마복음 제25장   *네 이웃을 네 몸과 같이*

형제를 네 영혼과
다름없이 사랑하라


더불어 네 눈의
동자(瞳子)처럼 보호하라


도반(道伴)들 형제자매여
아껴주고 뭉쳐라.

                           ❚ 2020.11.25.

## 28. 도마복음 제26장　먼저 네 몸가짐

네 눈의 들보 빼고
형제의 티를 빼라

타인(他人)의 구원보다
네 자신 반성 먼저

내 결점(缺點) 들어 내놓고
정직하게 고쳐라.

‖ 2020.11.25.

## 29. 도마복음 제27장　금식하고 안식하라

금식은 세상가치
멀리하라 이르는 것

안식은 안식답게
확실하게 지키는 것

비로소 하늘나라를
발견하고 깨우치리.

‖ 2020.11.27.

## 30. 도마복음 제28장  뒤흔들어 바꾸어라

취(醉)하여 진리 못 본
너희 보니 고통이다


눈멀어 볼 수 없고
텅 빈 채 가려 한다


비련(悲戀)의 허깨비인생
생각을 바꾸어라.

‖ 2020.12.02.


## 31. 도마복음 제29장  가난 가운데(居)하는 부유함

영혼(靈魂)의 위대함은
부유(富裕)함이 아니던가


육체의 빈곤(貧困)함에
부유함이 살아있다


놀라운 불가사의(不可思議)가
기적중의 기적이라.

‖ 2020.12.02.

## 32. 도마복음 제30장  그 한 명과 함께 하노라

고독(孤獨)한 실존(實存)이란
한 명의 투쟁이며

예수가 동반(同伴)하여
성취되는 깨달음

지혜의 발견과 계시는
집단(集團)이 아니니라.

❚ 2020.12.03.


## 33. 도마복음 제31장  고향에서 홀대(忽待)받는 선지자(先知者)

과거의 기억에만
경도(傾倒)되어 홀대하고

현재를 보지 못한
청맹(靑盲)과니 다름없네

진리를 발견했을 때
은밀(隱密)함을 알리라.

❚ 2020.12.03.

76

## 34. 도마복음 제32장  높은 산 위에 세운 사회

높다란 산과같이
말씀을 높이 들고

마음을 요새처럼
견고하게 다져서

굳건한 신념을 품고
이상향(理想鄉)을 세우라.

▌ 2020.12.03.

## 35. 도마복음 제33장  들은 것을 전파하라

듣고서 깨달은 자
됫박 아래 감춤 없이

등불을 등경(燈檠) 위에
올려놓아 보게 하라

빛 속에 깨달음 보고
은밀(隱密)함이 열리리.

▌ 2020.12.05.

## 36. 도마복음 제34장  도둑이 정치를 하면

영적(靈的)인 장애자(障礙者)가
장애자를 인도(引導)하면

모두 다 나락(奈落)으로
빠지는 게 정(定)한 이치

도둑이 지도자이면
집단은 아수라장(阿修羅場).

‖ 2020.12.05.


## 37. 도마복음 제35장  해방(解放)운동

소외자(疏外者) 탄압(彈壓)하는
강자들을 결박(結縛)하고

샅샅이 약탈(掠奪)하여
억압(抑壓)에서 벗어나라

따르는 민중들이여
해방 예수 운동일세.

‖ 2020.12.05.

## 38. 도마복음 제36장  *염려 말고 해방촌에 거(居)하라*

따르는 도반(道伴)들아
무엇이든 염려 말라

먹는 것 입는 것을
그 분께서 주시리라

너희는 추구(追究)의 자유
해방촌(解放村)에 거(居)하라.

‖ 2020.12.05.


## 39. 도마복음 제37장  *미련 없이 버려라*

옷 벗은 아기처럼
천진(天眞)하게 알몸일 때

세상을 발가벗고
세속(世俗)에서 벗어날 때

예수의 말씀 깨달아
참모습을 보리라.

‖ 2020.12.06.

## 40. 도마복음 제38장 *다른 이에게서는 듣지 못한다*

듣기를 갈구(渴求)하나
나 말고 불가(不可)하다

너희가 찾자하나
발견 못 한 날도 있다

너희들 삶 가운데서
내 말씀을 차지하라.

▌| 2020.12.06.


## 41. 도마복음 제39장 *지식의 세계로 들어가는 열쇠*

지식(知識)의 독점(獨占)이나
숨김이 없게 하라

서기관 바리새인
그들을 닮지 마라

너희는 뱀의 지혜와
순결한 구(鳩)가 돼라.

▌| 2020.12.07

## 42. 도마복음 제40장  *뿌리를 내려라*

진실한 도반(道伴) 되어
뽑히지 않게 하라

은밀(隱密)한 말씀 해석
견고(堅固)하게 추구(追究)하라

너희는 내 안에 와서
뿌리 깊게 내리 거라.

❚ 2020.12.07.


## 43. 도마복음 제41장  *더 받든지 빼앗기든지*

말씀의 추구자는
깨달음에 이를 것

듣지를 않는 자는
가진 것도 빼앗길 것

듣기를 힘써 하여라
천국은혜 더해지리.

❚ 2020.12.07.

## 44. 도마복음 제42-1  *방랑자(放浪者)가 되어라*

교우(敎友)여 학습기(學習期)와
가주기(家住期)와 임서기(林棲期)에

미련을 두지 말고
방랑(放浪)하는 도반(道伴) 돼라

노욕(老慾)을 벗어던지고
죽장(竹杖) 집고 나서라. [1]

▌ 2020.12.07.

---

1.  힌두교에서 인생을 4기로 나눈다. 25세까지 부지런히 배우는 학습기. 50세까지 가사에
    충실한 가주기(家住期). 75세까지를 가족과 사회에 대한 의무를 끝내고 내 영혼 수양을
    위하여 집을 떠나 숲속에서 지내는 임서기(林棲期). 76세 이후는 유랑기(流浪期)로 나눈
    다. 집착에서 벗어나 거지처럼 무소유의 삶이 유랑기이다. 길바닥에서 죽음을 맞는 생사
    봉도(生死逢道)가 유랑기의 신념이다.

## 45. 도마복음 제42-2  *방랑자가 되어라*

초라한 무소유(無所有)로
가볍게 떠돌면서

자유를 사유(思惟)하고
수행(修行)으로 독각(獨覺)하라

축복이 쏟아지리니
천인(天人)됨이 아니던가.

▋ 2020.12.07.


## 46. 도마복음 제43-1  *나의 말로 나를 알라*

너희는 내 말에서
내 실존(實存)을 파악하라

본질(本質)은 나무이고
말씀은 열매로세

나무와 열매는 하나요
별개로 취급 말라.

▋ 2020.12.08.

## 47. 도마복음 제43-2  *내 말을 사랑하라*

나 예수 예수일 뿐
기적(奇跡)을 찾지 말라


내 말은 말씀일 뿐
귀신 쫓는 주문(呪文) 아냐


나무를 사랑하려면
열매를 사랑하라.

▌2020.12.08.


## 48. 도마복음 제44장  *성령을 모독하지 말라*

부모와 자녀들을
모독하면 용서되나


양심에 들어있는
성령은 모독(冒瀆) 말라


성령(聖靈)은 말씀의 호흡(呼吸)
경외(敬畏)하고 추구하라.

▌2020.12.08.

## 49. 도마복음 제45장  *네 속에 무엇을 쌓을 것인가?*

내 속에 쌓는대로
밖으로 넘쳐난다

생각이 행동으로
나오는 게 바른 이치(理致)

무엇을 쌓아야할지를
겸손(謙遜)하게 정하라.

‖ 202012.08.


## 50. 도마복음 제46장  *천진(天眞)한 아기가 돼야*

위대한 세례요한도
아기만은 못하다

아기가 되는 자는
나라를 볼 것이다

나라는 새 질서가 서는
예수 운동 사회이다.

‖ 2020.12.08.

## 51. 도마복음 제47장　한 종이 두 주인을 섬길 수 없다

예수의 천국 운동
성전 율법(聖殿 律法) 함께 못해

새 옷에 낡아빠진
천 조각을 대지 말라

동시에 두 가지 하면
죽도 밥도 안 되리라.

‖ 2020.12.08.

## 52. 도마복음 제48장-1　아기가 되어라

아기의 원초성(原初性)을
복구하여 평화하라

분별(分別)한 사유(思惟)들도
하나로 통합하라

천국은 죽은 뒤가 아닌
현존(現存)에서 이루라.

‖ 2020.12.08.

## 53. 도마복음 제48장-2  *남북이 아담 되어라*

남녀로 나뉘기 전
아담으로 하나 돼라

평화는 나뉨 없이
하나 될 때 찾아온다

남북이 융합(融合) 이루어
주체(主體)사회 이루라.

‖ 2020.12.09.


## 54. 도마복음 제49장  *독각자(獨覺者)여! 나라로 가리라*

나라로 가는 자여
홀로 가며 깨달으라

무소유(無所有) 방랑자(放浪者)여
고독(孤獨)한 실존자(實存者)여

버려서 선택된 자여
천국을 보는구나.

‖ 2020.12.09.

## 55. 도마복음 제50장  우리는 빛의 자녀로 왔노라

우리는 자생(自生)하는
빛의 자녀로 왔노라

나라는 광명(光明)이며
아버지고 생명이다

안식(安息)과 운동하시는
아버지가 증표(證票)이다.

‖ 2020.12.09.


## 56. 도마복음 제51장  현존(現存)하는 안식(安息)

안식은 사자(死者) 아닌
생자(生者) 위한 쉼이니라

안식은 와 있으나
자각(自覺)하지 못할 뿐

말씀을 해석한다면
빛의 나라 보이리라.

‖ 2020.12.09.

## 57. 도마복음 제52장　구약은 신앙의 대상이 아니다

죽은 자 예언으로
산 예수를 거론 말라


유대의 야훼 신은
지식으로 활용하라


위대한 말씀 속에서
새 생명 삶 살아가라.

▌2020.12.09.


## 58. 도마복음 제53장　영(靈) 속에서 할례(割禮)

히브리 종파(宗派)속에
매임없이 사고(思考)하라


할례(割禮)가 유용(有用)하면
태(胎) 속에서 끝냈겠지


진정한 할례라 하면
영(靈) 속에서 하여라.

▌2020.12.09.

### 59. 도마복음 제54장  *가난한 자는 복이 있나니*

교만(驕慢)을 내려놓고
겸손하고 가난하게

소유를 포기하고
유랑천하(流浪天下) 어떠한가

복되다 하늘나라가
너희 것이 되리라.

‖ 2020.12.09.

### 60. 도마복음 제55장  *십자가의 고난에 참여하라*

따르는 도반(道伴)이면
미련을 갖지 말고

자신의 십자가를
짊어져야 하느니라

세속적(世俗的) 압박을 넘어
고난(苦難)에 참여하라.

‖ 2020.12.10.

## 61. 도마복음 제56장 *새 세상을 발견하라*

시체와 다름없는
세상을 발견했네

발견은 수준 높은
해석을 말함이라

안 자여 합당치 않으니
새 세상 발견하라.

❚ 2020.12.10.

## 62. 도마복음 제57장 *가라지도 자라게 두라*

가라지 뽑지 말고
곡식과 함께 두라

추수날 드러나서
뽑혀서 불태우리

천국은 서두름 없는
무위자연(無爲自然) 삶이니라.

❚ 2020.12.10.

## 63. 도마복음 제58장  *고통의 추구자(追究者)여*

고통(苦痛)을 겪는 자여
생명 얻는 복이로다

고통은 성찰(省察)하고
발견하는 과정(過程)이다

보아라 네 안에 있는
천국을 감사하라.

▌| 2020.12.10.


## 64. 도마복음 제59장  *삶도 모르는데 죽음을 어찌 알까*

죽으면 볼 수 없다
숨 쉴 때 살펴보라

살아서 깨달을 때
삶 속의 천국보라

저승이 있거나 말거나
말씀 따라 살리라.

▌| 2020.12.10.

## 65. 도마복음 제60장 　참된 안식처(安息處)를 구하라

너희가 시체 되어
먹히지 않으려면

산 자에 살아있는
예수 말씀 만나라

진정한 안식 자리를
말씀에서 구하라.

|| 2020.12.10.


## 66. 도마복음 제61-1 　통합하라 (1)

죽음은 분열(分裂)이오
삶이란 통합(統合)이다

빛이란 통합이오
어둠은 분열이다

예수는 빛으로 오신
원초적(原初的) 통합자다.

|| 2020.12.11.

## 67. 도마복음 제61-2  *통합하라 (2)*

아담은 풍요(豊饒)로운
통합(統合)에서 왔노라

좌우(左右)를 통합하고
상하(上下)도 통합하라

남북(南北)이 통합 이루어
본래(本來)로 귀환(歸還)하라.

‖ 2020.12.11.

## 68. 도마복음 제62장  *아무도 모르게 하라*

말씀의 탐구자(探究者)는
신비(神祕)를 알게 되고

봉사와 구제(救濟)행위
위선 없이 하게 되며

초탈(超脫)한 마음속에서
아상(我相)없이 행해진다.

‖ 2020.12.11.

## 69. 도마복음 제63장 *부(富)의 허망(虛妄)함*

네 돈을 투자하여
뿌리고 거두어서

넘치게 채웠으되
죽으니 허무(虛無)하다

들으라 귀 있는 자여
오온개공(五蘊皆空)[1] 아니더냐.

❚ 2020.12.11.


## 70. 도마복음 제64장 *아버지의 자리에 초대*

세속(世俗)의 유혹에
사로잡힌 속아(俗我)[2]들아

잡주계(雜住界)[3] 벗어나서
진성초대(盡誠招待) 응(應)하라

만찬에 부르신 뜻을
깨닫지 못하도다.

❚ 2020.12.11.

---

1. 오온개공: 오온은 인간을 구성하는 다섯 가지 기본 요소인데, 色蘊, 受蘊, 想蘊, 行蘊, 識蘊으로 나눈다.

2. 속아: 세속에서 이르는 나. 오온(五蘊)이 임시로 화합한 것에 불과하므로 '나'라고 할 진체(眞體)가 없다.

3. 잡주계: 선악(善惡)의 업보(業報)에 따라 가게 되는 지옥(地獄), 아귀(餓鬼), 축생(畜生), 인간(人間), 천상(天上) 등 오취(五趣)가 섞여 있는 세계 또는 노린 내, 비린내, 타는 내, 썩은 내, 향 내의 다섯 가지 냄새 등 오취(五臭)가 섞여 있는 곳이다.

## 71. 도마복음 제65장-1  *재현된 갈릴리 땅*

악랄(惡辣)한 부재지주(不在地主)
어리석은 소작농(小作農)들

자본주 노동착취(勞動搾取)가
공존(共存)을 파괴하니

처참한 갈릴리 땅이
이 땅에서 재현(再現)됐네.

## 72. 도마복음 제65장-2  *예수의 가르침으로 살라*

들으라 부(富)에 대한
집착(執着)의 인성괴멸(人性壞滅)

세습(世襲)과 말씀 악용(惡用)
교회 악습(惡習) 끊는 길은

정직한 인간 예수 말씀
회복밖에 없구나.

∥ 2020.12.11.

## 73. 도마복음 제66장　*머릿돌 되는 서러운 노동자*

말씀을 추구하며
유랑(流浪)하는 도반(道伴)들아

세상이 버렸지만
모퉁이 머릿돌이다

서러운 노동자들은
공동체 반석(磐石)일세.

‖ 2020.12.11.


## 74. 도마복음 제67장　*자기를 알면 두렵지 않네*

자기가 모든 것을
안다고 자고(自高)말라

자기가 저를 모르면
모든 것을 모른다네

자기를 발견한다면
죽음인들 두려울까.

‖ 2020.12.11.

## 75. 도마복음 제68장-1  *박해받는 너희는 복이 있다*

너희가 억울하게
당한다면 복이 있다

박해(迫害)를 연단(鍊鍛)으로
받을 때도 복이 있다

출가(出家)한 버린 자에게
흠(欠) 잡지는 못하리라.

‖ 2020.12.11.

## 76. 도마복음 제68장-2  *말씀으로 번개 쳐라*

예사랑(예수사랑) 각성자(覺醒者)여
눈 떠보라 복이 있다

불공정(不公正) 불평등(不平等)에
박해(迫害)받는 약자(弱者) 위해

비만(肥滿)한 탐욕자(貪慾者)들을
말씀으로 번개 쳐라.

‖ 2020.12.11.

## 77. 도마복음 제69장   **박해 당하면 복이 있다**

너희가 감당(堪當)하는
박해(迫害)에는 복이 있다

탐욕(貪慾)과 쾌락(快樂)에서
벗어나니 복이 있다

나눠서 비우게 되면
채워지니 복이 있다.

❚ 2020.12.11


## 78. 도마복음 제70장   *네 내면(內面)에 있는 것으로 너희를 구원하라*

네 속의 광명(光明)이신
하느님을 발견하고

그 빛을 뿜어내어
스스로 구원(救援)하라

그 빛을 보지 못하면
주검 되어 사라지리.

❚ 2020.12.11.

## 79. 도마복음 제71장  *이 나라의 악법을 헐겠노라*

율법(律法)에 묶여 사는
약자(弱者)들의 해방 위해

구습(舊習)에 젖어 있는
헌집을 헐었듯이

우리도 악법(惡法) 지우고
되살리지 않으리라.

▐ 2020.12.11.

## 80. 도마복음 제72장  *나는 분할자가 아니다*

내 몫을 나눠 받게
형제들께 말해주소

분할(分割)을 청탁(請託)말라
분할자가 아니다

네 탐욕 만족하게 하는
중계자(中繼者)가 아니다.

▐ 2020.12.12.

## 81. 도마복음 제73장  *혁명할 추수꾼이 부족하다*

승자(勝者)의 독식(獨食)사회
개혁할 것 넘치는데

추수(秋收)할 일꾼들이
부족하니 안타깝다

혁명(革命)할 추수꾼이어
각성(覺醒)한 도반(道伴)이어.

‖ 2020.12.12.


## 82. 도마복음 제74장  *혁명을 실천하라*

샘물의 둘레에서
우물쭈물하지 마라

안으로 들어가서
정화(淨化)를 해야 하듯

실천의 용기를 내어
사회혁명 이루라.

‖ 2020.12.12.

## 83. 도마복음 제75장　나라에는 단독자로 들어간다

신부의 혼방(婚房)에는
신랑 혼자 들어가듯

나라도 깨우친
단독자(單獨者)가 들어간다

세속적(世俗的) 가치(價値)를 버려야
깨우친 자 되리라.

| 2020.12.12.


## 84. 도마복음 제76장　상품을 다 팔고 진주 하나만 사라

각자(覺者)는 세상가치
몽땅 팔고 진주를 산다

진주는 이 세상에서
불변하는 삶의 질서

더불어 영적(靈的)으로도
풍요(豊饒)롭게 살리라.

| 2020.12.12.

## 85. 도마복음 제77장 *예수도 나도 같은 빛이다*

존재(*存在*)의 모든 곳에
빛으로 오신 예수

예수와 모든 이들
동심동체(同心同體) 빛이다

말씀도 예수와 하나
영원무궁(永遠無窮) 하여라.

▮ 2020.12.12.


## 86. 도마복음 제78장-1 *왜 모래발판에 나왔느냐*

너희가 모래벌판
갈대를 보거나

왕 같은 세력가를
보려고 나왔느냐

그들은 화려하지만
진리 없는 허깨비다.

▮ 2020.12.12.

## 87. 도마복음 제78장-2  **나는 염력(念力)의 술사(術師)가 아니다**

광야(曠野)의 나 예수는
지배자가 아니로다

세속적(世俗的) 모든 가치
버려버린 방랑자(放浪者)다

진리의 삶 깨우치는
민중의 동반자(同伴者)다.

▐| 2020.12.12.


## 88. 도마복음 제79장  **예수여 그대 엄마에게 감사하라**

엄마가 낳았고
먹여주고 키웠도다

선포자(宣布者) 예수여
엄마에게 감사하라

처녀여 너의 가능성도
자유하고 복되도다.

▐| 2020.12.13.

## 89. 도마복음 제80장  세상이 육체임을 안 자는 합당하지 않다

세상을 해석(解釋)한 자
육체를 발견한다


육체(肉體)는 소멸(消滅)될 것
합당(合當)하지 않은 것


세상이 합당치 않으니
쉼 없이 초극(超克)하라.

‖ 2020.12.13.


## 90. 도마복음 제81장  풍요로운 자가 다스리고 그것을 부정하라

깨닫고 풍요(豊饒)로운 자
자신을 다스려라


동시에 자신을
부정한 후 초연(超然)하라


부정(否定)을 게을리하면
빈곤(貧困)하고 속물(俗物)되네.

‖ 2020.12.13.

## 91. 도마복음 제82장　*예수는 불이다*

예수는 빛의 근원인
불이며 생명이다


나에게 오는 자는
나라에 가깝도다


나라는 빛 자체이고
생명이며 천국이다.

▌2020.12.13.


## 92. 도마복음 제83장　*내 속에 살아계신 하느님*

빛 속에 빛이 있네
하느님은 빛이시네


빛 속에 숨겨져서
우리 속에 내재(內在)했네


인간은 빛을 소(素)삼아
빛께서 창조했네.

▌2020.12.13.

## 93. 도마복음 제84장  겉모습만 닮았다고 기뻐 말라

하느님 닮았다고
기뻐하며 자고(自高)말라

구하여 찾았을 때
감내(堪耐)하기 어려우리

이전의 너희 형상(形像)을
보게 되니 그러하리.

2020.12.13.

## 94. 도마복음 제85장  아담보다 더 위대하라

아담은 거대한
힘과 부(富)를 받았지만

죽음을 보았으니
합당(合當)치 아니하다

진리를 추구(追究)하면서
아담을 초월(超越)하자.

2020.12.14.

## 95. 도마복음 제86장  인간의 자식인 내가 쉴 곳이 없다

여우도 굴이 있고
새들도 둥지 있네

속정(俗情)을 버리고서
방랑(放浪)하는 인간 예수

잠시도 머리를 뉘어
안식(安息)할 곳 없구나.

2020.12.14.


## 96. 도마복음 제87장  육체(肉體)로만 살지 마라

육체로 육체에만
매달리면 비참하다

그러한 그 영혼은
얼마나 비참(悲慘)한가

세상의 욕정(慾情)을 끊고
홀로 서서 가거라.

2020.12.14.

## 97. 도마복음 제88장  *너희가 도리어 주어라*

천사(天使)와 예언자(豫言者)도
너희 수준 아래이다


심오(深奧)한 가르침은
받을 수가 없으리라


너희가 예언자에게
찾은 것을 주어라.

2020.12.14.


## 98. 도마복음 제89장-1  *율법(律法) 바꿔 종교혁명(宗敎革命) 이루라*

너희는 외식(外飾)에만
매여있는 꼴통이다


예수는 위선(僞善) 벗은
민중(民衆)의 벗님이다


맛 잃은 수구전통고집(守舊傳統固執)
성전(聖殿)권력 버려라.

2020.12.14.

## 99. 도마복음 제89장-2 *성서 바꿔 종교혁명 이루라*

겉 씻음 속 씻음이
정결(淨潔)로 하나이다


탐욕(貪慾)이 넘친 너희
표리(表裏)로 분별(分別) 말라


성서의 왜곡(歪曲) 버릇을
혁명으로 바로잡자.

|| 2020.12.14.


## 100. 도마복음 제90장 *내 멍에를 메고 안식도 누려라*

쉽고도 부드러운
멍에가 내게 있다


지치고 힘에 눌린
억울한 소외자(疏外者)여


오너라 내 멍에 메면
안식(安息)을 누리리라.

|| 2020.12.14.

## 101. 도마복음 제91장  *당신을 믿고자 하오니*

너희는 신인(神人)만의
예수를 원하지만

현존(現存)을 바로 보고
본질(本質)을 직관(直觀)하라

그분의 죽음 뜻으로
깨달음에 이르러라.

Ⅱ 2020.12.15.


## 102. 도마복음 제92장  *찾는 자는 발견한다*

찾아야 발견한다
전심(全心)으로 찾으라

자만(自慢)에 집착(執着)하여
걸리게 하지마라

찾음은 진실함으로
꾸준하게 추구하라.

Ⅱ 2020.12.15.

## 103. 도마복음 제93장　*거룩한 것을 개돼지에게 주지 마라*

거룩한 나라 말씀
개돼지에게 주지 말라

추구를 포기하면
개돼지와 다름없다

고귀(高貴)한 지혜 말씀은
찾는 자만 받으리라.

‖ 2020.12.15.


## 104. 도마복음 제94장　*두드리면 열리리라*

찾으면 발견(發見)하고
두드리면 열린다

예수의 말씀의 문(門)
부지런히 두드리라

진리(眞理)를 깨달으려면
쉼 없이 탐구하라.

‖ 2020.12.15.

## 105. 도마복음 제95장  *이자 없이 빌려주라*

너희가 빌려줄 때
이자(利子) 없이 꾸어 주라

나누는 너희에게
행복이 따라 온다

수전노(守錢奴) 수탈자(收奪者)들아
네 양심(良心)을 소제(掃除)하라.

▌ 2020.12.15.


## 106. 도마복음 제96장  *나라는 반죽 속에 효모를 숨기는 여인과 같다*

아버지 나라는
한 여인과 같도다

여인은 효모(酵母)로
많은 빵을 부풀렸다

말씀의 확산(擴散)을 위해
효모처럼 부풀려라.

▌ 2020.12.15.

## 107. 도마복음 제97장  밀가루를 흩날리는 여인과 같아라

여인의 비움처럼
세속(世俗)을 버려라

비우면 천국이고
새 생명이 채워진다

너희는 방하착(放下着)하여
광명(光明)을 발견하라.

▌▍2020.12.15.


## 108. 도마복음 제98장  나라는 강자를 죽여야 들어간다

강자(强者)인 내면욕망(內面慾望)
그 적(敵)을 죽이었다

엄청난 강자(强者)들인
세상유혹(世上誘惑) 찔렀다

나라는 이런 자들이
들어가야 하느니라.

▌▍2020.12.15.

## 109. 도마복음 제99장  *아버지 뜻을 실천하면 가족이다*

가족을 초월(超越)해야
나라에 들어간다

한 가지 뜻에 모인
너희가 가족이다

말씀을 실천하고 있는
너희가 가족이다.

┃ 2020.12.15.


## 110. 도마복음 제100장  *나의 것은 나에게*

카이사 것들은
카이사에 돌려주고

야훼의 것들은
하느님께 돌려주라

내 것은 나에게 주어
하늘질서 촉진(促進)하라.

┃ 2020.12.15.

## 111. 도마복음 제101장  생명주는 참된 하느님 엄마

도반(道伴)은 세속적인
가치를 증오하라

도반은 생명주는
엄마 아빠 사랑하라

나에게 진실을 주는
참된 엄마 찾아라.

┃ 2020.12.16.

## 112. 도마복음 제102장  여물통에서 잠자는 개와 같다

너희들 바리새인
소구유 속 개와 같다

너희가 여물을
먹는 것을 방해(妨害) 말라

진리를 곡해(曲解)하지 말고
성전도 독점(獨占) 말라.

┃ 2020.12.16.

## 113. 도마복음 제103장  도둑을 대비하는 자는 복이 있다

내 몸에 침입하는
세상 욕망 예방(豫防)하라

정확히 예측(豫測)하고
빈틈없이 점검(點檢)하라

방비를 해태(懈怠)하는 자
도적에게 약탈(掠奪)되리.

▌ 2020.12.16.

## 114. 도마복음 제104장  내가 무슨 죄로 금식하고 기도하느냐

누구든 기도하든 금식하든
자율(自律)이다

원죄(原罪)라 강압(强壓)하고
위선을 강요(强要)말라

예수의 삶 가운데서
심령(心靈)을 정화(淨化)하라.

▌ 2020.12.16.

## 115. 도마복음 제105장　*세속적 부모만을 아는 자는 창녀의 자식이다*

영혼(靈魂)을 더럽히면
창녀(娼女)나 다름없다

육욕(肉慾)의 산물은
창녀의 자식이다

세속적(世俗的) 어버이만을
아는 자는 더럽더라.

┃ 2020.12.16.


## 116. 도마복음 제106장　*둘을 하나로 만들면*

나뉜 것 하나 되면
사람의 자식 되고

영육(靈肉)이 하나 되면
초능력이 발현(發現)된다

하나로 추구(追究)하는 너
나와 같이 되리라.

┃ 2020.12.17.

## 117. 도마복음 제107장  아흔아홉보다 너 하나를 더 사랑한다

하나가 백(百) 가운데
더 크고 훌륭하다

각성자(覺醒者) 한 사람이
사랑을 차지한다

소중한 하나 되려면
버릴 줄도 알아라.

▌| 2020.12.17.

## 118. 도마복음 제108장  내 입에서 나오는 것을 마시면
### 네가 나 되고 내가 너 되리라

말씀을 마신 자는
예수 같게 되리라

나 또한 너와 함께
한 생명이 되리라

너에게 감춰진 것도
드러나게 되리라.

▌| 2020.12.17.

## 119. 도마복음 제109장  *밭에 숨겨져 있는 보물*

영혼에 숨은 보물
인식 없이 죽은 부자(父子)

보물을 우연하게
자각(自覺)한 셋째 주인

삶 속에 숨겨져 있는
가치를 인식(認識)하라.

▌2020.12.17.

## 120. 도마복음 제110장  *부자된 자여 세상을 부정하라*

부자(富者)된 그대여
세상을 직시(直視)하고

사체(死體)로 존재하는
세상을 부정(否定)하게

긍정(肯定)의 세상 되려면
베푸는데 전심(全心)하게.

▌2020.12.17.

## 121. 도마복음 제111장  *자신을 발견한 자*

말씀은 살아있고
듣는 자도 죽음 없네

자신을 발견하고
예수와 하나 되면

세상을 뛰어 넘어서
평안 속에 만족하리.

▌2020.12.17.


## 122. 도마복음 제112장  *부끄러울 지어다*

영혼(靈魂)에 매어달린
육체여 부끄럽다

육체(肉體)에 매어달린
영혼도 부끄럽다

영육(靈肉)은 서로 매임 없이
독립체(獨立體)로 하나다.

▌2020.12.18.

## 123. 도마복음 제113정-1  *나라(천국)는 지금 여기에*

이 땅에 깔려 있는
천국(天國)을 못 보네

나라가 네 안에도
네 밖에도 있는데

나라는 지금 살고 있는
세상과 나뉠 수가 없도다.

❙ 2020.12.18.


## 124. 도마복음 제113장-2  *나라를 인식하고 보아라*

종말(終末)의 결과로서
천국 지옥(地獄) 분별(分別)말라

나라는 끊임없이 탐구하고
해석(解釋) 하면

그것을 인식(認識)하여서
어김없이 하나되리.

❙ 2020.12.18.

122

## 125. 도마복음 제113장-3    재림(再臨)과 해탈(解脫)의 오해(誤解)

나라가 오는 날을
재림으로 오해 말라


해탈의 피안(彼岸) 갈망(渴望)
장소로 착각(錯覺) 말라


말씀을 깨닫기 위해
추구(追究)하고 새겨라.

▌ 2020.12.18.


## 126. 도마복음 제114장(끝장)    성 평등으로 하나 되라

편향(偏向)된 성차별(性差別)을
버리고 하나 돼라


성개념(性槪念) 혁신(革新)하여
생동(生動)하는 영혼 되라


왜곡(歪曲)된 가치관 바꿔
나라에 들어가라.

▌ 2021.02.03.

## • 後記

- 말씀 중심으로

예수의 말씀복원(復元)
지혜복원 인간복원

종교적 난신적자(亂臣賊子)
두려움을 넘어서서

올바른 믿음지표(指標)를
추구(追究)하고 고뇌(苦惱)하소.

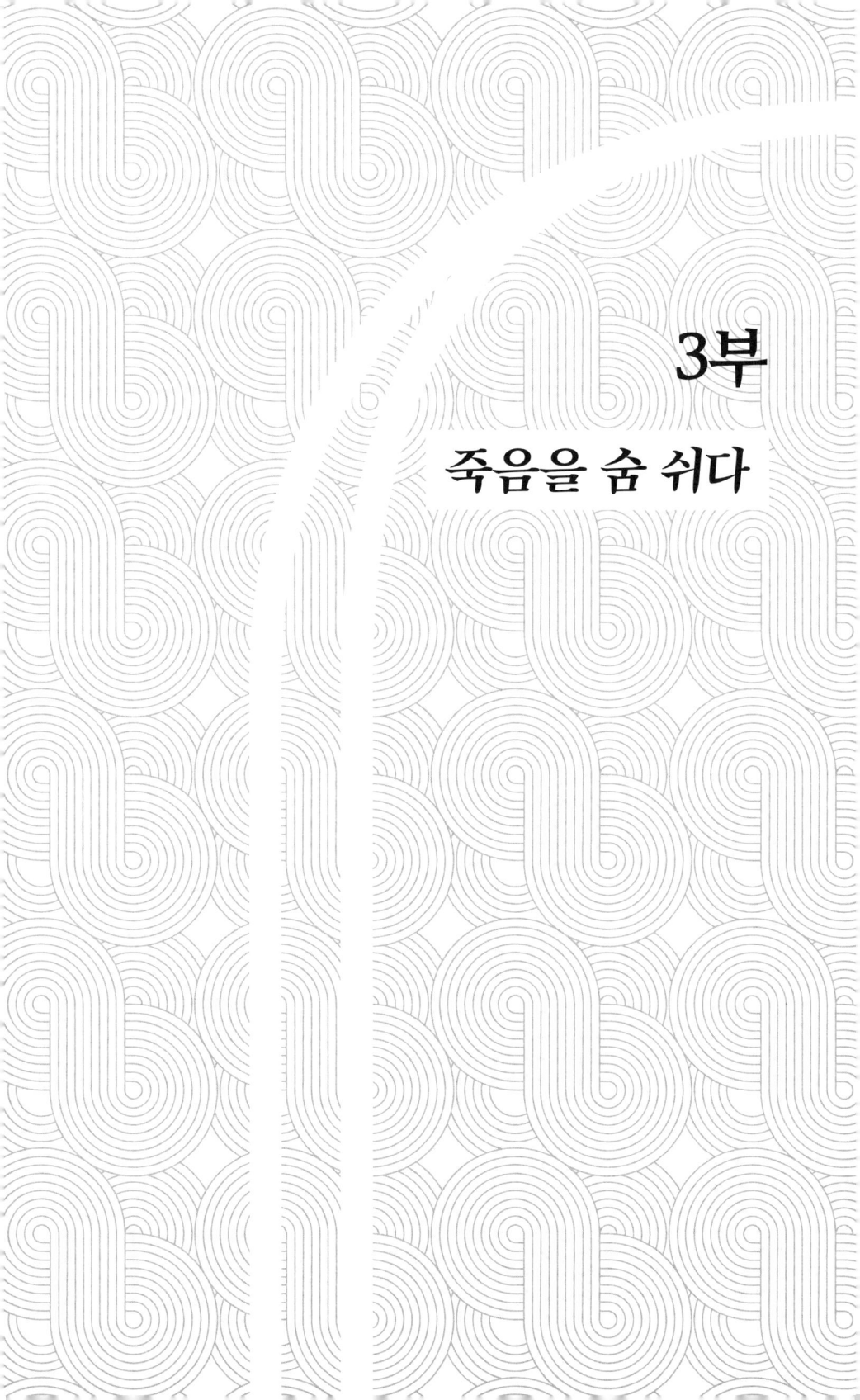

# 3부

죽음을 숨 쉬다

## ◇ 발인예배(發靷禮拜)

육신(肉身)은 벌레에게
보시(報施)하여 덕(德)을 쌓고

산 자(者)의 송덕문(頌德文)은
떠날 넋을 찬양하네

내 삶이 낭비되지는
않았는지 되돌아보네.

❙❙ 2022.08.01.


## ◇ 자유(自由) 찾은 죽음이여

허위(虛僞)의 껍데기를
벗겨내는 죽음이여

본래의 진면목(眞面目)을
들어내는 죽음이여

삼독(三毒)¹의 진토(塵土) 속에서
해방되는 죽음이여.

❙❙ 2022.08.02.

---

1. 삼독: 사람의 착한 마음을 해치는 세 가지 번뇌(煩惱). 탐욕(貪慾): 식욕, 색욕, 재욕, 명
   예욕, 수면욕의 5 욕인데 지나치면 탐욕이다. 진에(瞋恚): 성냄과 시기와 질투 미움과 같
   은 것이다. 우치(愚癡): 현상의 이해가 부족하고 판단이 흐려지는 어리석음이다.

## ◇ 죽음을 영광(榮光)되게

죽음을 말하시오
삶의 품격(品格) 높이려면

죽음의 볕살 보소
무한고통(無限苦痛) 벗으려면

언어(言語)의 금기(禁忌)를 깨면
두려울 게 무엇인가.

‖ 2022.08.03.


## ◇ 얼씨구 가는 길이 좋구나

마지막 숨 거둘 때
웃음 띠고 남길 말은

어쩌다 태어나서
마침내 허물 벗고

멋있게 한 판 잘 놀고
가는 길이 좋구나.

‖ 2022.08.04.

## ◇ 가볍게 회귀(回歸)하기

죽음은 죄(罪)의 삯?
어이없고 맹랑(孟浪)하네

원죄(原罪)로 묶인 신앙
불편하고 짜증나네

오랏줄 풀어버리고
활기(活氣)차게 갑시다.

‖ 2022.08.05.


## ◇ 타고난 목숨의 한도에 순응하라

죽음을 늦추려고
연명 장치(延命 裝置) 웬 말이냐

자연(自然)을 혜살하고
하늘 뜻을 거역(拒逆) 말라

수한(壽限)을 조절(調節)하려는
추태(醜態)가 딱하구나.

‖ 2022.08.06.

## ◇ 차근차근 준비하라

죽음은 위대한
고독(孤獨)의 순간이고

우주로 존재하는
하느님과 결합(結合)순간

완벽히 준비할수록
그 순간(瞬間)이 평안하리.

❚ 2022.08.08.


## ◇ 슬퍼 말게

현명한 사유자(思惟者)는
슬퍼하지 않는 다네

죽음에 임했어도
혼란이란 없다하네

당신이 남기고 싶은
미련(未練) 또한 남지 않네.

❚ 2022.08.09.

## ◇ 갈 곳은?

죽음은 절멸(絶滅)인가
영생(永生)인가 변태(變態)인가

갈 곳을 볼 수 없고
냄새조차 없지만

영혼(靈魂)이 초대(招待)를 받아
우주에서 승화(昇華)되길.

‖ 2022.08.10.


## ◇ 풀숲 아래 눕혀라

무리(無理)한 유일신론(唯一神論)
깨어나서 다시 보니

만물(萬物)이 신령(神靈)하고
고귀(高貴)한 줄 알겠더라

풀숲 속 만신전(萬神殿) 안에
내 주검을 공양(供養)하라.

‖ 2022.08.11.

## ◇ 가볍게 가려 하네

내 몸은 가아(假我)일세
진아(眞我) 찾아 몸 벗을 때

사(死) 의미 깨닫고는
놀이처럼 즐기면서

본향(本鄕)길 가는 발걸음
가볍기를 원하노라.

║ 2022.03.08.


## ◇ 너를 먹고 내 배 불렸으니 이제는 나를 먹고 네 배 부르라

죽음을 감미로운
음악처럼 연주하며

육신(肉身)을 훌훌 벗어
짐승먹이 보시(報施)하고

찌꺼기 남기지 말고
깔끔한 귀향(歸鄕) 어때?

║ 2022.03.10.

## ◇ 골분(骨粉)은 왜 남기십니까?

생사(生死)를 초월(超越)하여
자유롭던 그대여

습골(拾骨)로 부도(浮屠)[1] 속에
갇힌 것도 미련이지

적멸(寂滅)이 쉽지 않음을
깨우쳐 준 선승(禪僧)이어.

‖ 2022.03.19.


## ◇ 불멸(不滅)의 삶을 준 신(神)

생명이 생명을 먹으며
우리는 살아가네

내 생명 그들에게
되먹히어 다시 사네

이 생명 저 생명으로
옮겨가며 살아가네.

‖ 2022.

---

1. 부도: 부도는 스님이 죽으면 화장을 하고 습골을 통해 사리(舍利)나 뼛가루를 수습하여
봉안한 일종의 무덤이다.

## ◇ 종교로도 풀 수 없는 죽음

죽음이 삶을 향해
달려오나 아니라면

죽음을 향하여
삶 자체가 달려가나

죽음은 풀리지 않는
신비로움 자체일세.

| 2022.05.17.


## ◇ 죽음의 전조(前兆)

산수(傘壽) 후(後) 여러 해에
기억망실(記憶忘失) 더 해지네

섭리(攝理)를 깨닫고서
심복(心服)함이 마땅하니

죽음의 자각증상(自覺症狀)을
담담하게 마중하리.

| 2020.09.17.

## ◇ 수정처럼

촌음(寸陰)은 색(色)이 없고
사라지는 끝난 과거

물리지 못한 인생
복기(復棋)한들 무엇 하리

은원(恩怨)을 풀어버리고
수정처럼 가려하네.

▌ 2020.10.13.


## ◇ 깊은 골 옹달샘 물로

생애(生涯)는 유성(流星)처럼
흘러가는 과거일 뿐

향수(鄕愁)를 불러온들
미련 남는 고통일 뿐

깊은 골 옹달샘으로
낙엽동무 함께하리.

▌ 2020.10.13.

134

## ◇ 하늘 길

돌려서 뒤를 보니
서산머리 해 걸렸네

저녁놀 막새바람
내 백발과 한 쌍이라

해넘이 바라보면서
하늘길을 걸어가리.

▌ 2020.09.30.

## ◇ 제자리로

몸이란 살, 뼈, 피가
자리 잡아 살아가고

죽음은 영, 혼, 육(靈,魂,肉)이
제자리로 나뉘는 것

내 삶을 온전(穩全)히 하며
평안하게 놀며 가자.

▌ 2020.11.06.

## ◇ 달에 묻다

중천(中天)에 걸린 달에
졸수(卒壽) 향(向)한 내 길 묻다

매 순간 최선으로
한(恨)이 없이 가게 하라

필멸(必滅) 생(生) 거스름 없이
온전하게 맞게 하라.

‖ 2020.10.30.


## ◇ 빗물 되어

이 몸이 죽어가서
구름덩이 되었다가

가뭄에 목 탄 땅을
촉촉하게 적셔주어

생전에 못한 공덕(功德)을
베풀고자 하노라.

‖ 2020.11.21.

## ◇ 부활(復活)을 믿는다네

흙으로 빚은 내 몸
죽는 순간 부활하네

우리는 가현(假現)하여
한 세상을 거닐다가

본향(本鄕)인 자연 품으로
부활하여 영존(永存)하지.

▌ 2020.11.21.


## ◇ 농(濃)익은 거야

이제는 늙은 거야
성숙(成熟)으로 가는 거야

비로소 철든 거야
제구실 하는 거야

껍데기 훌훌 벗고서
알몸으로 가는 거야.

▌ 2021.02.06.

## ◇ 나는 속물(俗物)인생이었네

똥 싸며 계산했다
팔십 년 싼 분뇨량(糞尿量)을

남산의 높이일까
백록담을 채웠을까

한평생 먹고 싸다가
속절없이 가는가.

‖ 2021.02.20.


## ◇ 신생(新生)을 지향(志向)하라

노년(老年)을 새싹처럼
부드럽게 아기 되라

유연(柔軟)을 채워 넣고
고집일랑 배설(排泄)하소

원초적(原初的) 순결(純潔)을 입고
가뿐하게 가세나.

‖ 2021.04.05.

## ◇ 퇴장(退場)에 앞서서

세월이 지나가며
정색(正色)하고 이르는 말

은원(恩怨)을 소멸(消滅)하고
가볍게 오라 하네

원망은 버릴지라도
은혜마저 버릴쏘냐.

▌2021.03.24.


## ◇ 지체 없이 나도 가야지

손 털고 땅에 내린
낙엽보고 깨달았네

세월에 사연 놓고
미련 없이 돌아가듯

이제는 집념(執念) 버리고
가는 길을 재촉하세.

▌2021.11.28.

## ◇ 참 나(眞我) 찾아 죽는다면

얼굴에 골 패이고
저승꽃이 가득하고

피곤한 목소리가
투박하고 거칠어도

본(本) 나(我)로 죽는다 하면
아쉬움이 없으리.

❚ 2021.11.27.

## ◇ 우리 임종(臨終)은

죽음을 맞이할 땐
슬프잖게 마중하라

피안(彼岸)의 평화로움
즐거움을 생각하고

소풍(消風) 날 아침 맞듯이
설렘으로 기대(期待)하라.

❚ 2022.06.21.

## ◇ 유언(遺言) 1: 회토(回土)

영혼(靈魂)은 어찌 됐건
내 주검을 처리할 때

헌 옷에 둘둘 말아
부모 묘(父母 墓) 앞 묻어놓고

그 위에 나무 한두 그루
심어놓기 바라노라.

‖ 2020.06.20.


## ◇ 유언 2: 이것이 중생(重生)이다

내 사체(死體) 하루빨리
발효(醱酵)하여 거름 되고

자연신(自然神) 은혜 갚는
목신(木身)으로 환생(還生)하여

완전한 귀향(歸鄕) 삶으로
웃음 짓게 하소서.

‖ 2022.06.20.

## ◇ 깨끗한 몸으로 떠나기

한(恨)없이 하직하려면
구 청정(口 淸淨)과
신 청정(身 淸淨)과

더하여 의정(意淨)까지
청결(淸潔)하게 갈 수 있나

억지로 지우려 말고
흐름에다 맡기게나.

▌2022.06.02.


## ◇ 기쁘게 간다

현명한 사유자(思惟者)는
사신(死神) 맞아 미소 띠며

걸친 옷 훌훌 털고
미련 없이 앞장서서

노을빛 속살 안으로
당당하게 잠기리라.

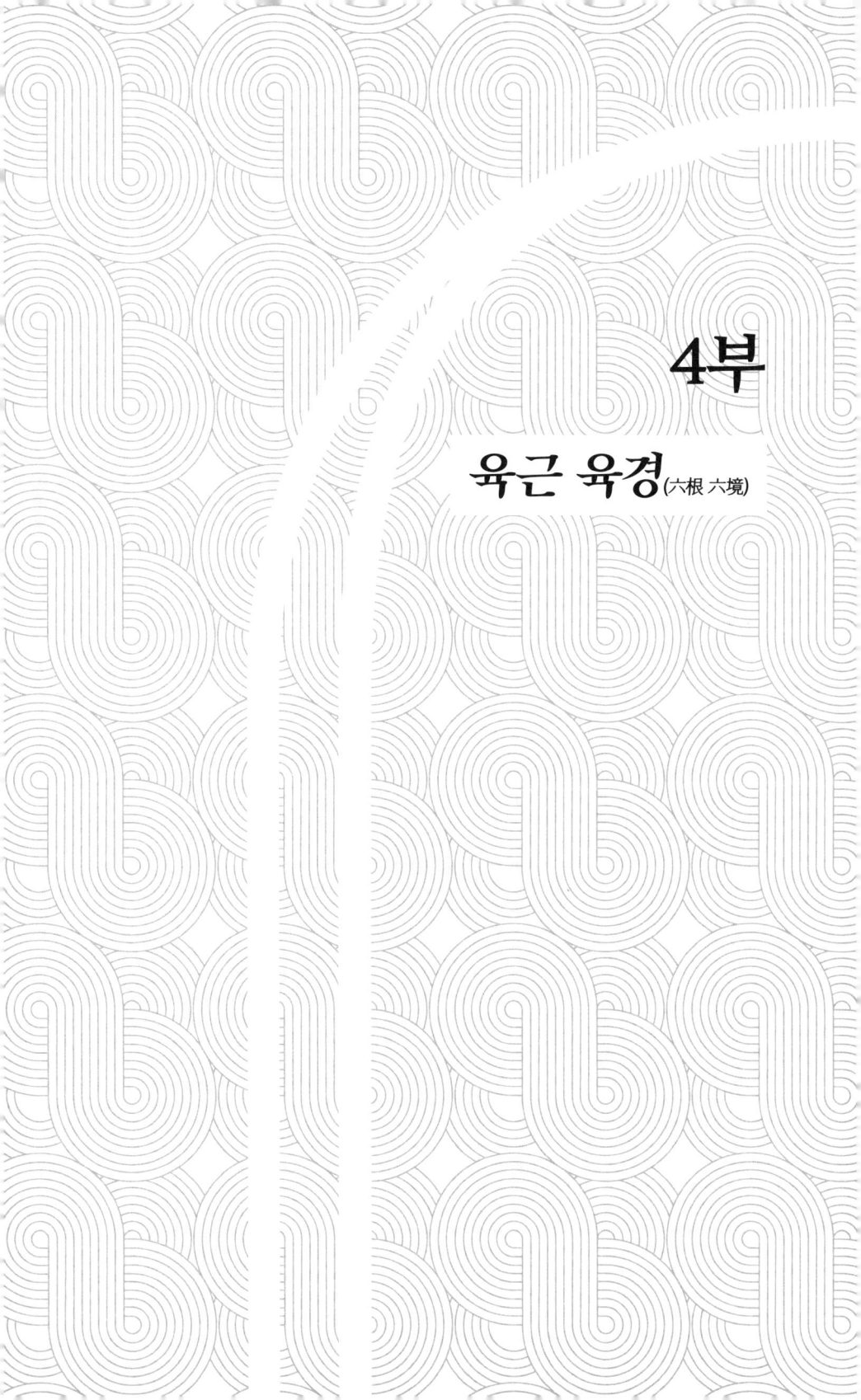

# 4부

## 육근 육경(六根 六境)

◇ **안—색**(眼-色)

재물에 취하여서
더럽혀진 그대여

보이는 만상(萬象)들의
실체(實體)는 헛것이라

탐욕(貪慾)의 시선 거두고
견리사의(見利思義) 새기게.

▐ 2021.04.17.


◇ **이—성**(耳-聲)

달콤한 꾀임에만
귀 기울인 그대여

찬사(讚辭)에 좋아 말고
비판(批判) 듣기 즐겨라

쓰디쓴 충언(忠言) 한마디
양약고구(良藥苦口) 명심하게.

▐ 2021.04.17.

## ◇ 비—향(鼻-香)

코끝에 만수향(萬壽香)만
맡으려는 그대여

비릿한 시궁창의
악취에도 익숙하라

노동자 땀 냄새에도
친근하게 다가가라.

▎2021.04.18.

## ◇ 설—미(舌-味)

미주(美酒)에 가효(佳肴)만을
선호하는 그대여

혓바닥 즐거움이
영혼에는 가시일세

거친 음식일수록
건강보험 아니던가.

▎2021.04.18.

◇ **신-촉**(身-觸)

육신(肉身)의 촉감(觸感)에만
안달하는 그대여

영혼의 가꿈에도
소홀(疏忽)하지 마시라

육욕(肉慾)의 혼란(混亂) 넘어서
번뇌(煩惱)를 잠재우라.

▌| 2021.04.18.


◇ **의-법**(意-法)

안이(安易)한 인식(認識)만을
추구(追求)하는 그대여

올바른 의식(意識)으로
법(法)의 본질(本質) 구하여라

행복은 근·경(根·境) 조화(調和)의
정각(正覺)에서 이룬다오.

▌| 2021.04.18.

## ◇ 육근 육경(六根 六境) 후기

내부(內部) 육근(六根) 정비하여
외부(外部) 육경(六境) 조화(調和)하소

건전한 육식 발현(六識 發現)
내외 부(內外 部) 열매라오

행복(幸福)의 존재요소(存在要素)를
주저 없이 탐구하소.

‖ 2021.04.21.

# 5부

## 십우도(十牛圖)

참 나는 누구인가
어디에서 무얼하나

풀숲에 숨었는가
물속에 잠겼는가

황소를 붙들려 해도
보이지 않는구나.


발자국 가아(假我)인가
진아(眞我)인가 어렵구나

구분(區分)을 단념(斷念)하고
진솔(眞率)하게 추적(追跡)하자

똥 싸서 흘리며 갔네
고약한 놈이로다.

저것이 순종(順從) 않고
거칠게 날뛸 게다

삼독심(三毒心)[1] 헤엄치는
가련한 놈이로다

코뚜레 꿰우고
단단하게 고삐 죄자

꼬리를 움켜잡고
전심전력(全心全力) 제압(制壓)하자

어르고 달래면서
여물로도 조절(調節)하자

예수의 기둥에 매고
본심(本心) 찾아보게 하자.

---

1. 삼독심(三毒心): 깨달음에 장애가 되는 탐욕(貪慾: **지나친 욕심**), 진애(瞋恚: **성 냄**), 우치
(愚癡: **어리석음**)의 세 가지 요소.

이기심(利己心) 몰아내고
수행정진(修行精進) 힘을 쏟고

불성(佛性)을 얻었지만
허점에다 확신 부족

예수의 광야각성(曠野覺醒)이
황소를 길들였네.


무애(無碍)의 자유 찾아
흰 소 탄 목동 마음

진아(眞我)를 찾았으니
천상천하(天上天下) 평화로다

나뉨도 하나 되었네
모든 것이 가볍도다.

내 안에 날뛴 황소
어느결에 보이잖네

영혼은 자유롭고
처음도 끝도 없네

윤회(輪廻)도 사라져버린
죽음 죽은 극락(極樂)인가.


황소도 목동마저
사라지니 원상(圓相)만 남네

진·가(眞·假)에 집착(執着)했던
허무(虛無)함도 사라지니

이제는 깨달음으로
죽음조차 넘어섰네.

자연과 합일(合一)하니
호·불호(好·不好)가 가당찮네

내 안에 무변우주(無邊宇宙)
찾고 보니 천국(天國)일세

천주(天主)가 내 안에 계셔
번뇌(煩惱)가 살 수 없네.


이 몸에 넘쳐나는
자비심(慈悲心)을 펼치겠네

민중(民衆)의 삶 가운데
사랑으로 보시(布施)함세

아멘! 관세음보살
무념무상(無念無想) 공(空)이로다.[1]

---

1. 십우도: 목우도(牧牛圖)라고도 하며 불교의 선종(禪宗)에서 동자(童子)가 본성(本性)이
   라는 소를 찾는 선(禪)의 10단계를 도해(圖解)한 것이다.

# 6부

## 오관게송(五觀偈頌)

물 한 점 보배로다
밥 한 톨이 귀하도다

부족한 덕행(德行)으론
감당하기 어려워라

사무친 큰 은혜로다
합장(合掌)하며 아멘하네.


하늘이 내려주고
땅힘으로 받쳐주다

자연의 조화(調和)인걸
감각(感覺)없이 지냈도다

사무친 큰 은혜로다
합장하며 아멘하네.

욕심의 죄를 짓고
어리석음 넘친 나(我)네

노욕(老慾)에 더럽혀진
몸뚱이를 씻긴 음식

사무친 큰 은혜로다
합장하며 아멘하네.




공양(供養)을 받는 마음
부끄럼도 같이 먹자

생명의 신비로움
은혜롭게 거두어라

사무친 마음을 모아
합장하며 아멘하네.

한 톨의 밥알에서
자아(自我) 찾고 본성(本性) 보자

날뛰는 코를 꿰어
길들일 수 있다면

사무친 큰 은혜로다
합장하며 아멘하네.[1]

▌| 2021.10.11.

축서사(鷲棲寺) 일각(一角)에서

---

1. 오관게송: 불교에서 식사할 때 독송(讀誦)하는 용어로 다음의 다섯 가지를 생각한다.

   ① 이 식사가 있기까지 든 공(功)이 얼마인가?

   ② 나의 쌓은 덕행(德行)이 이 공양(供養)을 받을만한 것인가?

   ③ 삼독(三毒)을 없애는 것을 생각한다. [삼독심(三毒心): 사람의 마음을 해치는 세 가지 번뇌(煩惱)로 다음과 같다. ❶ 탐욕(貪慾): 욕심을 내어 집착하는 것으로 식욕, 색욕, 재욕, 명예욕, 수면욕에 지나치게 집착하는 마음. / ❷ 진에(瞋恚): 성내고 분노하고 시기하고 질투하는 마음. / ❸ 우치(愚癡): 어리석고 어두운 마음.]

   ④ 먹는 것을 약이라 생각하고 넘치게 먹지 않는다.

   ⑤ 깨달음에 이르기 위하여 이 공양을 받는다고 생각한다.

나이 여든을 넘겨서야,

# 신앙 담론을 시조에 담다

**펴낸날** 2025년 6월 30일

**지은이** 이영욱
**펴낸이** 주계수 | **편집책임** 이슬기 | **꾸민이** 최송아

**펴낸곳** 밥북 | **출판등록** 제 2014-000085 호
**주소** 서울특별시 마포구 양화로 156 LG팰리스빌딩 917호
**전화** 02-6925-0370 | **팩스** 02-6925-0380
**홈페이지** www.bobbook.co.kr | **이메일** bobbook@hanmail.net

© 이영욱, 2025.
ISBN 979-11-7223-094-4(03810)